Tiempo de Ángeles

TEZONTLE

Primera edición (Fundación Cultural Televisa, A. C.), 1994
Segunda edición (FCE),   1997

Diseño: Carlos Palmos Olmos
Investigación iconográfica: Carmen Corona del Conde

Fotografía: Lourdes Almeida, Manuel Álvarez Bravo, Bernardo Arcos, Carlos Contreras,
Jorge Contreras Chacel, Carlos Contreras de Oteyza, Gilberto Chen, Jorge Pablo de Aguinaco,
Flor Garduño, José Ignacio González Manterola, Javier Hinojosa, Graciela Iturbide,
Paulina Lavista, Maritza López, Pablo Oseguera Iturbide, Marco Antonio Pacheco,
Ygnacio Rivero B., Jesús Sánchez Uribe, Sergio Toledano

ISBN 968-16-5028-x (Fondo de Cultura Económica)
ISBN 968-6258-47-7 (Fundación Cultural Televisa, A. C.)

Impreso en México

HOMERO ARIDJIS

Tiempo de Ángeles

CONSEJO DE LA CRÓNICA DE LA CIUDAD DE MÉXICO

FONDO DE CULTURA ECONÓMICA

MÉXICO

A Cloe y Eva Sofía

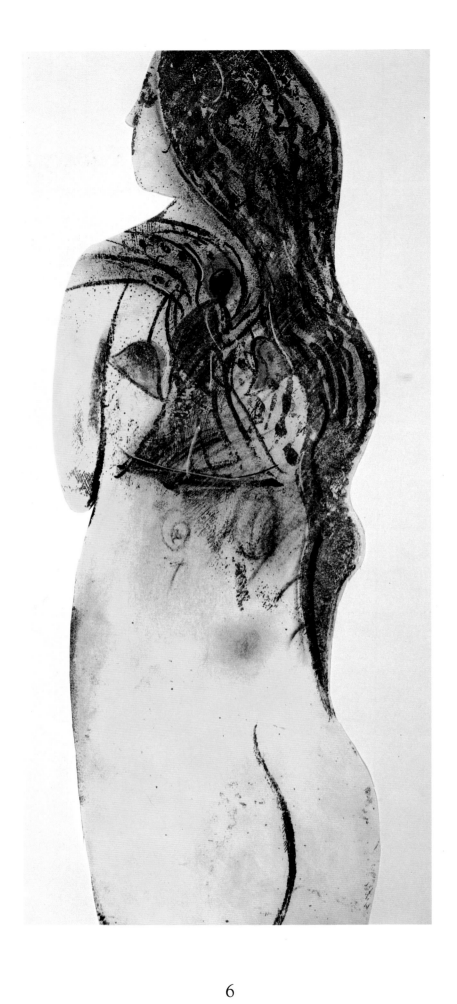

6

TIEMPO DE ÁNGELES

Y Dios dijo: "Hágase el ángel".
Y el ángel fue hecho de palabras.
Y el hombre dijo: "Hágase el ángel
de palabras interiores.
Sea el ángel a semejanza de mi espítitu".
Y Dios dijo: "Que cada hombre
tenga en el cielo un ángel
a su imagen y semejanza
y cuando muera se haga uno con él".
Y el hombre dijo: "Si Dios no creó el ángel,
la imaginación debe crearlo,
porque si hay un vacío entre Dios y yo
no puede haber comunicación entre nosotros.
Es preciso que exista
un espíritu intermediario
entre el cielo y la tierra,
entre lo invisible y lo visible,
entre lo espiritual y lo material".
Dios dijo: "El hombre llegó tarde
para el tiempo de los dioses
y temprano para el ser,
el ángel llegó a tiempo
para los dos tiempos".
El hombre dijo: "Entonces,
el ángel es el cuerpo
que une los dioses y el ser,
es el puente que junta
la mirada con lo mirado".
Dios dijo: "Para que se entiendan
los ángeles y el hombre,
que los ángeles en la tierra hablen
el lenguaje de los hombres
y los hombres cuando sueñan
hablen el lenguaje de los ángeles;
porque hay una lengua original
que comprenden los ángeles
de todas las épocas y todas las razas
y es la que está hecha de poesía".

Dijo el hombre: "Entonces,
un ángel sabe cuando está delante de otro ángel,
no por lo que se dice y se revela,
sino por la luz que sale de sus ojos".
Dijo Dios: "Los ángeles no pueden ser vistos
por los ojos, porque están en nuestros ojos".
Dijo el hombre: "Entonces, el ángel
que buscamos en el mundo
está adentro de nosotros, es nosotros".
Dios dijo: "Cuando el hombre
se encuentre consigo mismo,
sea el ángel que buscaba en el mundo.
Porque el cuerpo de ambos
está hecho de palabras interiores".
El hombre dijo: "El ángel que no veo,
que no me ve, que va conmigo,
es él que seré, cuando yo muera".
Dios dijo: "Que el ángel del hombre
viva más allá del hombre,
se levante sobre su cadáver
y cobre su existencia verdadera.
Que el ángel tenga la forma
que el hombre quiera darle".
Dijo el hombre: "Entonces,
el ángel tiene el cuerpo
que la imaginación le da,
el ángel pintado en mi espalda,
el ángel tatuado en mis brazos,
me cubrirá la espalda
y me protejerá los brazos.
Un día será semejante a mí mismo".
Y Dios dijo: "El ángel, en este tiempo
de negrura que se aproxima,
sea mensajero de la luz.
El ángel sea igual al hombre.
Porque este es un tiempo de ángeles".

MANERAS DE VER Y DE TENER ÁNGEL

I

De manera que un ángel
es aquel que viene con nosotros
pisándonos la sombra
y se manifiesta cuando estamos
a punto de besar la boca amarga;
es aquel que a veces no se manifiesta
y solos nos deja frente a la muerte,
en un abismo más grande que uno mismo.

II

De manera que un ángel
es un guardaespaldas espiritual
que nos protege de los enemigos materiales,
de los sobrenaturales y de aquellos
que nosotros engendramos
con imágenes, palabras y sueños;
es aquel que pelea a medianoche,
a media calle y en medio de la cama
contra figuras odiosas
y figuras que amamos.

III

Pasó un ángel, dicen las gentes,
cuando se hace el silencio en medio de nosotros,
en apariencia unidos en un cuerpo:
mientras nuestros ángeles descansan,
se observan en el espejo,
o miran por la ventana
la larga tarde amarilla.

IV

Pasó un ángel, dicen los amantes,
como si la presencia de lo deseado

tuviera el cuerpo de la ausencia,
como si se percibiera el paso cuando ya pasó,
y ellos supieran que se amaban cuando ya no se aman.

V

Pasó un ángel, dice el ángel,
sin ver su sombra propia en el instante
y sin percibir el anhelo
que dejan sus palabras en nosotros:
hombres de carne y hueso,
mirándolo desde el otro lado de la ventana,
borrachos de amor y muerte.

VI

Tiene ángel, dicen de aquella,
de la que no se puede
medir la gracia del cuerpo,
no se puede contar la luz de los ojos
ni calcular el tamaño de la sonrisa,
y mucho menos se puede pesar
la huella que deja cuando camina.

VII

"Tengo ángel", dice el moribundo
buscando a su alrededor un acompañante
que lo conduzca por sus abismos personales.
"Tengo ángel", dice cuando se muere,
"por fin visible aquel que me guardó en vida".
"Tengo ángel", diré yo cuando levante
mi ser hacia su ser,
como si desde siempre
hubiésemos andando juntos.
"Tiene ángel", dirá otro ángel,
mirando por la ventana
cómo nos perdemos de vista
en la tarde amarilla.

13

LA ÚLTIMA NOCHE DEL MUNDO

Creía que era la última noche del mundo
y que en el horizonte iban a aparecer los ángeles,
los de la luz y los de la oscuridad,
y en la contienda mortal muchos perecerían.
Los hombres serían los espectadores de la batalla
entre las huestes del bien y del mal.
De la nubes caerían los oros del día desgarrado.

Pero no era la última noche del mundo,
era una noche más que no iba a volver al mundo.
Parado frente a la ventana de un cuarto que daba
a un río desaparecido, sobre unas casas grises,
un ángel pensaba en los cuerpos de agua que habían sido,
oía en la distancia la historia de su niñez perdida.
El río corría en el ayer, que es un futuro hacia atrás.

La virgen, una india mazahua, pedía limosna en la calle,
pero nadie la socorría con un quinto,
porque la calle estaba llena de indias mazahuas
y se necesitaba un costal de monedas para darles a todas.
Y porque nadie tenía las piernas flacas
y los bolsillos rotos. La calle era una soledad de concreto
que se perdía entre otras soledades de concreto.

Me dolía la cabeza al ver qué habían hecho
los hombres con el agua y con los pájaros,
y con los árboles de la avenida, y con la vida.
Me dolía la cabeza al ver mi sombra en la calle
y por saber que el fin del mundo se acercaba
por todos los caminos y todos los instantes.
Un mendigo de ojos fulgurantes me seguía.

Había frutas de plástico y animales disecados
en las vidrieras de las tiendas del hombre,
fotografías de la Tierra cuando todavía era azul
y de bosques hace tiempo destruidos.
Hambriento de memoria, pero más de mí mismo,

di vuelta en una calle, buscando sorprender
al mendigo, mi doble.

Encontré a un ángel patudo
leyendo el periódico bajo la Luna turbia.
Sus huellas doradas estaban impresas en el pavimento.
LOS ÁNGELES INVADEN LA CIUDAD
-era la noticia del día.
LOS ÁNGELES ENAMORAN A NUESTRAS VÍRGENES
-era la noticia de ayer.

Entonces, desinflado, desganado,
me fui desandando los caminos,
como si el amor de los seres conocidos
se hubiese ido de las calles de la Tierra.
Entonces, al llegar a mi casa,
como el ángel de la ventana, me puse
a oir el agua del río desaparecido.

ZONA ROJA

Seguí al ángel patudo por la zona roja.
Iba descalzo dejando huellas doradas en el pavimento.
Huellas que en seguida el silencio borraba.
Pasó sin dar limosna a las indias mazahuas.
Pasó junto a los coches en doble fila,
ignoró a los policías y a las prostitutas.
Era sábado en la noche y había ruido
en el cuerpo y la cabeza de las gentes.
Era sábado en la noche y la ciudad gritaba.

El ángel atravesó una pared arañada
y se halló en la recámara de un prostíbulo.
Una esfinge de carne y hueso estaba echada en una cama.
Un hombre trataba de abrir una ventana sucia
que daba a un muro negro, pero no podía abrirla,
porque el marco estaba fuera de sitio.
Un ciego, con cara de ídolo borracho,
palpaba las formas redondas de un maniquí femenino
y se ponía lentes con ojos azules pintados.

Los pasillos estaban llenos de maridos, de jóvenes barrosos
y de muchachas locas. Una de ellas tenía la boca grande,
los pechos fláccidos, los muslos numerados.
El ángel nunca había visto un rostro tan solitario,
como el suyo. Ni ojos tan llenos de penumbra,
como los suyos, en el vidrio de la puerta.
Ojos negros, cafés, azules, verdes y transparentes.
Ojos que podían atravesar las paredes y los cuerpos.
Era la primera vez que él se veía a sí mismo en un espejo.

El ángel nunca había bebido alcohol ni había bailado.
Creía que cuando las parejas se abrazaban en el salón
lo hacían para volar juntas o para hacerse un solo cuerpo.
Observaba de cerca a una mujer a la que le habían roto la boca
y se preguntaba si sería capaz de decir las palabras completas.
No imaginaba porqué estaba una niña desnuda en una habitación
ni porqué la muchacha morena llevaba el pelo verde
ni porqué los pechos y las piernas femeninas tenían precio.
El sólo calculaba la soledad del paraguas en la silla.

Afuera, un desesperado andaba al borde de un edificio.
Tenía la intención de saltar hacia el vacío
y las gentes de abajo esperaban que así lo hiciera.
Esa noche tenían ganas de ver un suicidio. En la calle,
clientes y prostitutas reconocieron al ciego borracho.
-No verá su sombra que se precipita hacia el abismo
-dijo un joven greñudo, cuando el otro se lanzó contra sí mismo.
Pero no cayó al suelo. Sólo cayó su grito.
Sostenido por el ángel. Se quedó parado en las alturas.

22

EL ÁNGEL MÁS ALLÁ DEL CREPÚSCULO

El ángel más allá del crepúsculo,
por encima de las imágenes,
aparece en el Poniente.

Un ave de plumas azules,
con cuerpo y rostro humanos,
canta la canción de la luz.

Las nubes y los cerros,
las ciudades y los valles abajo,
repiten los destellos de su voz.

El ángel, parado en el espacio.
Sus ojos están llenos de día.
El aire agita suave mente sus plumas.

SOBRE ÁNGELES

I

Cada ángel manifiesta su procedencia,
el lugar de su origen,
sea celeste o terrestre.

El ángel, casi invisible entre los arbustos,
viene de los bosques;
el ángel, color de arena, nació entre las dunas.

Su imagen tiene la forma del pintor que lo hizo,
su voz tiene el timbre del lenguaje del poeta
que lo creó. De esta manera, el ángel es humano.

II

Cada ángel tiene el color,
el tamaño y la edad del hombre
(o la mujer) que está guardando.
Así el ángel se adapta a su acompañante.
Así los demás no perciben su presencia.
Sólo se ha sabido del caso de un ángel
que continuó andando después
que su custodiado murió en la calle,
y del caso de otro ángel
que no participó en un crimen,
que mantuvo la mano ajena
cuando el homicida descargó la puñalada;
y de un ángel que al amanecer
se encontró sentado en una silla,
mientras la mujer que protegía
pasaba la noche haciendo el amor.

III

Los ángeles hablan flúida mente
los idiomas dominantes de nuestra época,
y los no tan dominantes,

como el hopi, el zulu y el mazateco,
pero sobre todo hablan el lenguaje de los ángeles,
que está hecho de palabras interiores.
Lenguaje que todo el mundo
presume de comprender innata mente,
sin necesidad de haberlo estudiado,
pero que cada vez menos gente sabe.

IV

Entre la viejas del pueblo de Huautla hay una,
sin nombre, que todos los atardeceres
mete con los ojos
a un ángel detrás del cerro.

No hay nada singular en este acto,
porque las viejas de Huautla están acostumbradas
a hablar con criaturas espectrales.

Lo único diferente es que ella escucha,
todas las tardes,
al ángel de dedos dorados
tocar la música de la luz.

V

No me extraña, dijo el hombre,
que toda mi vida llevé una vida de muerto.
Nadie puede cuestionar esta realidad.

Mi cuerpo fue un esqueleto revestido
de carne y ropa, porque pocas veces
me atreví a verme desnudo. Esto es una realidad.

La mayor parte del tiempo cubrí mi esqueleto,
mi carne y mi ropa con otras envolturas,
no menos espurias. Esto es otra realidad.

Y así, como ganso, ufano y tardo,
anduve por las calles de la ciudad
sin ver al ángel que llevaba dentro.

VI

En el último piso
de un edificio muy alto,
dos ángeles estaban durmiendo.
Uno soñaba que velaba
el sueño del ángel que dormía.
El otro ángel, dormido,
estaba creando mundos sin saberlo.

VII

Cuando las hojas del otoño han caído,
un ángel las recoge en la calle.
No sabe cuál de todas, cuerpos de luz en el suelo,
es más hermosa y refleja mejor el árbol.

Tiene que haber un fin en recogerlas, se dice,
porque nadie puede recoger todas las hojas del otoño.
Así como nadie puede guardar en sí mismo
todos los instantes que la luz propaga.

Tenemos que aprender a dejar las cosas en su sitio
y verlas en sí mismas, allá donde se encuentran.
No ir a buscarlas adonde no se encuentran,
porque corremos el riesgo de encontrarlas.

Entre menos hojas recojamos, más tendremos
en la calle. Tal vez, entre ellas
se oculta la hoja de la vida, aquella
que nunca podemos dar vuelta en los libros.

VIII

Los ángeles viajan a la velocidad del silencio.
Tan rápida mente, que apenas los estamos diciendo
ya se perdieron de vista. Y tan rápido vuelven,

que apenas los hemos visto irse
ya los tenemos de regreso.
Los ángeles, no pueden estar sin nosostros.
Nosotros, sólo sabemos que los vimos
cuando ya no los vemos.

IX

Durante la noche, los bosques de mi pueblo
aguardan escarchados las luces del amanecer.
Las mariposas monarcas, como hojas cerradas
cubren el tronco y las ramas de los árboles.
Superpuestas una sobre otra forman un solo organismo.

El cielo azulea de frío. Los primeros rayos de sol
tocan los racimos de las mariposas entumecidas.
Y un racimo cae, abriéndose en alas.
Otro racimo es alumbrado y por efecto de la luz
se deshace en mil cuerpos voladores.

El sol de las ocho de la mañana abre el secreto
que dormía emperchado en el tronco de los árboles,
y hay brisa de alas, hay ríos de mariposas en el aire.
El alma de los muertos es visible entre los arbustos,
puede tocarse con los ojos y las manos.

Es mediodía. En el silencio perfecto se escucha
el ruido de la motosierra que avanza hacia nosotros
tumbando árboles y segando alas. El hombre, con sus mil hijos
desnudos y hambrientos, viene gritando sus necesidades
y se lleva puñados de mariposas a la boca.

El ángel dice nada.

X

El ángel,
parado al borde de mis párpados,

una nube lo borra.

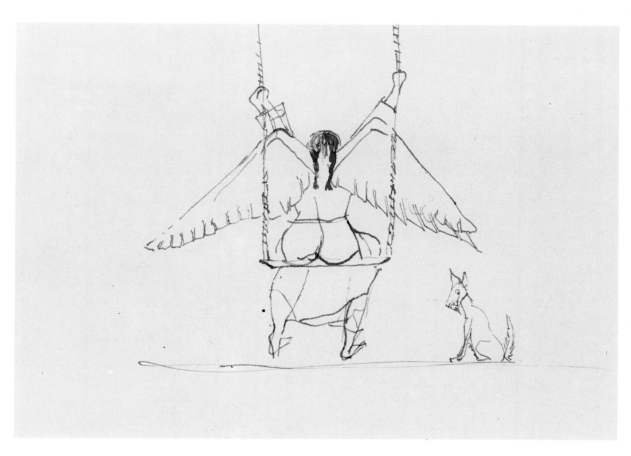

NACIMIENTO DEL ÁNGEL

La madre dio a luz a este ángel hirsuto.
A la sombra del nogal, al final de la casa.

Una vieja, desde la ventana,
vio a su hija soltera alumbrar

a esta criatura alada,
de cara marchita y ojos dorados.

El infante, al nacer, acarició la mano
de su madre un momento.

Un pájaro guardó silencio
en las ramas deshojadas.

La vieja, en la ventana,
tejió las sombras con manos descarnadas.

Desde un muro de piedra,
un mendigo acechó el parto.

No se le había visto antes en el pueblo
y no se le vería después.

Cerca se oyó pasar el agua de un río desaparecido.
Pronto cayó la luz de una estrella ya muerta.

En el aire flotó un olor a vegetación descompuesta.
En la ventana negra la abuela ya no estuvo.

La mujer, acostada,
vio por última vez a su hijo.

Él partió descalzo
hacia los campos de la tarde amarilla.

37

INFANCIA DEL ÁNGEL

"Señora, yo puedo volar",
dijo el ángel a su maestra,
la hija del carpintero.
"Solamente mira cómo lo hago",
dijo y subió a las rocas
que estaban en el patio de la escuela.
"Estas que parecen alas
son real mente alas
bajo la luz del día
y entre los cuerpos de la noche".
"Eres un mentiroso",
dijo su amigo,
el hijo del cartero.
"Ningún niño es un pájaro",
"Ningún niño puede volar",
el hijo del herrero
y el hijo del policía
le jalaron los pies
para que al caer
se rompiera la cabeza.
Pero él no cayó.
Ante el asombro de todos,
emprendió el vuelo.

Hay un ángel de este lado de la calle

Hay un ángel de este lado de la calle.
La luz reverbera en sus ojos. Escucha
atenta mente la voz de los pájaros caídos.

Camina sin sombra hacia nosotros.
Lleva las alas plegadas sobre la espalda.
No quiere que la gente sepa que es un ángel.

Pero todo el mundo sabe que es un ángel.
En la oscuridad sus ojos dorados brillan.
Uno puede encontrarlo por sus ojos. Dicen.

Este es el tercer ángel que encuentro hoy en la ciudad.
Tal vez es una ilusión, una alucinación.
Tal vez es una refracción de la luz después de la lluvia.

No había visto uno desde los vientos de febrero.
Como aquel de la madrugada, cuando el cielo azulea de frío.
No sé si está afuera o adentro de mí. Como aquél.

No sé si es la lluvia misma o sólo mira caer la lluvia.
Porque el ángel es una interioridad extrovertida.
Es un hombre que vuela, un espíritu que camina.

El ángel no se da sin lucha. Dicen.
Conocer un ángel es conocer una poca de realidad.
Pero yo conozco nada. Yo sólo estoy mirando a un ángel.

46

EL ÁNGEL ES UN SILENCIO AZUL

El ángel es un silencio azul
que se percibe con los ojos.

El ángel es un árbol solitario
en el lugar donde estaba un bosque.

El ángel es un pájaro demorado
cuando ya los pájaros se han ido.

El ángel es el tañido de la campana
en un llano donde no hay campanas.

El ángel es un rayo de sol
parado en medio de la noche.

49

ÁNGEL MOTOCICLISTA

Conque el ángel va en motocicleta,
el pelo largo, las alas plegadas,
entregando cartas extraviadas.

A gentes que viven en habitaciones
sin puertas ni ventanas,
o no tienen domicilio fijo,
encerradas fuera de sí mismas.

Ansiosas de recibir noticias
de sus seres lejanos,
oyen llegar al ángel
mucho antes de que llegue,
como si él llegara por adentro.

Allí en la calle, con su cuerpo etéreo,
volando sobre la velocidad de la moto,
él atraviesa despreocupada mente
el tráfico urbano.

No es el enviado de Dios, es Rafael Sánchez,
mensajero de la Compañía Privada de Correos, S.A.,
entregando cartas extraviadas
a los desconsolados
en el servicio de mediodía.

ÁNGEL ECOLÓGICO

I

La ventana de su cuarto daba al estío.
El estío daba a todas partes.
La ciudad no tenía agua
y la multitud era un delirio.
Nadie sabía de dónde salía tanta gente.
Todos venían a ver el fin del mundo.
Pero el fin del mundo no llegaba.
Llegaba el calor, llegaba la sed,
llegaba la muchedumbre.
Con los ojos llenos de tiempo.
Más allá de las casas grises
corría el río desaparecido.
Parado delante de la ventana,
el ángel se asomaba a la noche,
el más misterioso de los océanos.
Allá debía aparecer la señal. Allá.
Pasaron las horas, los días y los meses
y el fin del mundo no llegó.
Sólo se acabó el mundo para unos cuantos.

II

La Amazonia era el desierto más grande del mundo,
la habitaban millones de moscas y hormigas.
Los políticos y los militares, invocando soberanía,
proclamaban su derecho a destruirla.
Una guacamaya escarlata la recorría
desde hacía meses buscando árboles donde posarse.
Pero sólo encontraba piedras y tocones ardientes.
La tierra, como un ojo sin párpados, recibía
el sol, que abrasador, la quemaba en todas partes.
El ángel, parado al borde de una barranca,
veía, sediento, el fin del día sanguinolento.

III

La selva era un desierto. Brillaba una luz triste
sobre esa inmensidad de harapos verdes.
Los animales habían muerto. En un estanque
el hombre se miraba como en un espejo negro.
Los amantes habían procreado espectros.
En la almohada, sus cabezas habían dejado
cabellos cenicientos. La tarde ya no era azul.
Los ojos se quedaban ciegos si miraban el cielo.
Un sol falso engañaba a los pájaros de la primavera,
que cantaban delante de sus rayos turbios.
No engañaba a los ángeles, esperando
en las azoteas el alba verdadera.
El último jaguar corría entre los tocones.
La muerte armada lo perseguía,
le disparaba con una escopeta
hormigas rojas y moscas fosforescentes.
La mañana era un paraíso en ruinas.

EN LAS HORAS ALEGRES DE LA MAÑANA

En las horas alegres de la mañana
es hermoso pasearse bajo el sol.
Sus rayos tibios descienden por los brazos
y sus anillos radiantes reverberan
en los ocelos azules de las alas.
Una lengua dorada besa tus pies desnudos
y la noche distante se va haciendo camino
a medida que tus ojos la andan.
Todo es cálido en los cerros pintados de oro viejo
y los mogotes parecen una piña de piedra.
El río de tu infancia lleva en sus aguas
los cuerpos de la imaginación visible.
A su vera, las manos borrachas de color
juegan con las figuras blancas de la luz.
A cada instante se abren
las ventanas amarillas del aire.
Toda ventana da a campos alucinados.
El ojo oye al silencio dorarse.
Tú te recargas en las paredes púrpuras del día.
Por un momento, la claridad intenta perpetuarse.
Una nube cubre el esplendor.

EL ÁNGEL DE LA UBICUIDAD

El ángel de la ubicuidad,
no ha aparecido en este sitio.

Visible en otros lugares de la tierra,
no se ha presentado en esta calle.

Vertical y horizontal puede ser
la posición de su cuerpo. Dicen.

Pero aquí no lo hemos visto
ni parado ni acostado. Nadie sabe por qué.

En esta calle donde estamos conscientes
de los límites del cuerpo,

no hemos percibido su estar,
ignoramos su ser.

La mente que desdobla las imágenes
y duplica a los durmientes,

no se ha multiplicado aquí,
no tiene lugar en este espacio.

El ángel de la ubicuidad,
que se ha manifestado en todo el mundo,

que se ha desdoblado en muchos cuerpos,
no ha aparecido en este sitio.

ÁNGELES Y PÁJAROS

Sieben Rosen spater rauscht der Brunnen.

Paul Celan.

Más profundo en la luz, el ángel es transparente.
Más adherido al cuerpo, el ángel está desnudo.
Más adentro en el aire, el ángel es más nuestro.

Cuatro voces más abajo un ángel buscaba a un ángel.
Cuatro palabras hace los ángeles se encontraron.
Cuatro silencios después los ángeles se separaron.

Los pájaros que pasaban las ventanas amarillas
del aire, se rompieron la cabeza:
fascinados por los ocelos de las alas angelicales.

Hacia arriba plumas doradas cayeron.
En las albas de la noche hubo mediodías intensos.
Entre ojo y ojo, la luz se leyó a sí misma.

"No pases por esa puerta, te puedes quedar adentro",
un ángel dijo a otro. "Nadie nos arrebatará
nuestro polvo aéreo", los pájaros profirieron.

Ángeles y pájaros atravesaron las puertas del misterio.
En las tinieblas la flor de la luz hallaron.
Frente a la flor de la luz, los pájaros se murieron.

Conocimiento de la violencia

Por el camino venía
un hombre disparando
moscas fosforescentes.

Era un cazador con un rifle.
Quería cortar el aire
y asesinar el agua.

Al mediodía, en el cerro
había matado a su padre
y a su hermano.

En una cañada,
los había dejado
con el pecho abierto.

"¿Qué ves, qué husmeas?
¿Se te perdió algo
en mi boca, en mis orejas?",

le preguntó el hombre
al ángel,
sentado sobre una piedra.

El ángel no respondió.
Miró a la distancia.
Adonde estaban los muertos.

Entonces, el hombre
le tiró al corazón,
pero le dio en las alas.

El ángel desapareció.
En su lugar quedó
una piedra ensangrentada.

EL ÁNGEL ENCONTRADO

Hay un campo dorado donde la lluvia cae.
Hay un árbol negro donde canta un pájaro.
Hay un viento que sopla a través de las ramas.

Pasado el pueblo un niño campesino
recoge piedras para llevarse a casa
y no tiene bolsillos.

Al fin de la cañada,
no lejos de la cerca, el niño
encuentra un cuerpo entre las matas.

Es el cuerpo herido del ángel.
Un joven humano lo guarda.
Pues se han invertido los papeles.

Sobre su frente formas luminosas
salen y se van por el campo.
Una baba de luz cae de su boca.

El niño ve huellas de sangre.
El ángel se levante, entra
en el cuerpo del joven que lo guarda.

Chillan murciélagos en el árbol negro.
Como una estrella que anda, el ángel humano
se va metiendo en la noche.

ES UN ÁNGEL

"Es un ángel, pero no es un dios.
Tiene el pelo hirsuto y los pies planos.
Sus alas están dotadas de ojos
para ver en la noche, a distancia
y a través de las paredes.
No tiene nombre, identificación,
pareja ni domicilio fijo.
Guardián, está ojeroso. Sin duda,
sufre de insomnio desde el día que nació.
La enfermedad no le hace daño,
la muerte no fue creada para él,
pertenece a una especie que fue hecha
antes que nosotros existiéramos.
Esta criatura no se deja ver la cara,
es invisible o se oculta
detrás de árboles y muebles.
Pasa por la calle como un soplo,
como un relámpago o como un frío.
Brilla sobre las cosas leve mente
o se advierte sombrío en la pared.
Está en todas partes como la luz
o como la mente", dijo el primer hombre.

"La forma de los ángeles ha cambiado, porque
los pensamientos de los hombres han cambiado.
Sus sueños ya no son como solían ser.
Conocemos los nombres de los más viejos,
pero ignoramos los de los nuevos.
Hay unos que anuncian el nacimiento de hijos,
revelan el futuro, dictan libros,
protegen ríos y cuidan montañas,
aparecen en pinturas y esculturas.
Antigua mente podían subir a las pirámides
y desde arriba tocar la luz vivificante.
Pero hubo un tiempo cuando dejaron de volar,
porque el aire estaba sucio.
Hallándose en peligro de extinción,
decidieron irse del mundo.

Ahora han retornado, para devolver
la pureza original a los elementos,
y para salvar el paraíso terrestre
de la muerte", dijo el segundo hombre.

"Los ángeles están entre nosotros",
dijo el primer hombre.

"Los ángeles están adentro de nosotros",
dijo el segundo hombre.

"Los ángeles somos nosotros",
dijo el primer hombre.

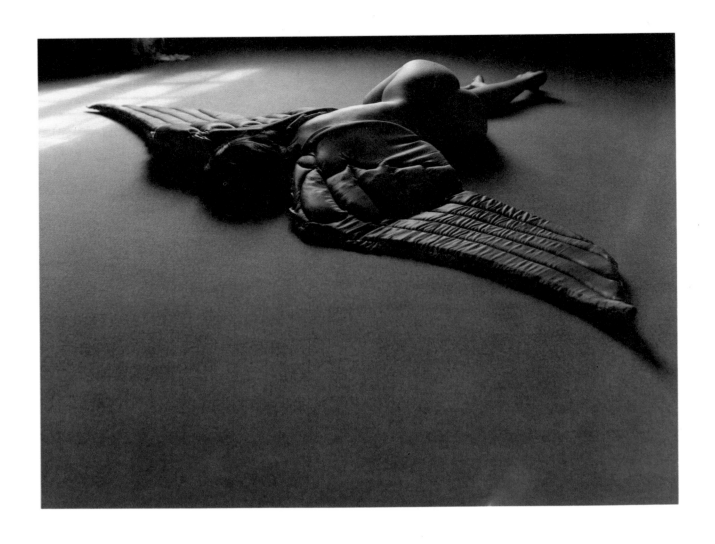

Conocimiento de Venus

No es una diosa la que asombra al ángel.
Es una mujer con curvas muy definidas
y pechos como panes o lunas.

Tiene el cabello teñido de azul.
Rayos de miel le caen
sobre los hombros y el ombligo.

Los labios gruesos
hacen pensar en reinos
donde las bocas florecen.

Aunque sus flores
se cogen al borde de acantilados
y de abismos sexuales.

Su cuerpo no es etéreo,
ni es de piedra, representa
la forma excelsa de la carne.

Ella, mortal, trivial, sale ahora del baño,
con los muslos cubiertos de espuma,
bailando música de rock.

83

ÁNGEL QUE CAMINA

Gastados los zapatos de tanto andar,
el ángel llega a su cuarto:
un agujero horizontal en la ciudad vieja,
con una puerta que da al aire
y a anuncios de alcoholes y condones.
Todo el día y toda la noche
ha caminado entre una multitud,
que bajo el neblumo espera
los signos del fin del milenio,
entre una multitud que ya no cree
en dioses, en ángeles ni en sí misma.
Con las alas plegadas y los ojos llorosos,
ha visitado la zona roja,
pero no ha frecuentado a ninguna dama,
no se ha tendido en sus camas vacías de delicias
ni ha dado el salto de la muerte en sus brazos.
Sola mente ha ido por las calles apretadas de gente,
luchando por respirar como una planta en un bosque
que trata de alcanzar la luz.
En los pasillos de un supermercado
ha pisoteado la fruta podrida,
ha pensado en Rilke y en Swedenborg,
ha conversado con Dios y consigo mismo
y ha visto a hombres y mujeres ofrecerle
abierta mente su amor con la mirada,
y él los ha visto con la desconfianza
de aquel que observa productos descompuestos.
El ángel ha vuelto a su cuarto de madrugada.
Por la ventana se ha puesto a espiar a sus vecinas,
dos hermanas que se desvisten en la oscuridad.
Pero no importa. Con sus ojos solares
él puede ver a distancia y a través de las sombras
y cubrir los cuerpos ajenos con rayos dorados.
Ellas, en la intimidad de la recámara,
ignoran el color oro viejo de su piel
y el fulgor astral de sus pupilas,
que el ángel les otorga.

Él, deslumbrado por el esplendor
de la mujer humana desnuda,
cierra los ojos para imaginar.

EL ÁNGEL Y EL JOVEN

Acostado en la oscuridad,
el joven murmura su amor.
El ángel, invisible,
oye sus palabras,
mira por la ventana
sin vidrios los anuncios
luminosos de la calle.
Cae lluvia de cenizas.
Hace multitud y hay calor
en todas las aceras.

El joven quiere abrazar,
adentro de su sueño,
la figura de la irrealidad.
Pero la figura se desvanece.
Y el joven ama sola mente
el cuerpo de la cama
como si se amara a sí mismo.

El ángel que lo guarda,
lo observa con la pena
de quien ve a alguien
semejante a sí mismo
hacer el ridículo.
El joven abre los ojos.
El ángel entra en él.
Juntos en la noche
hacen un solo cuerpo.

LA ÁNGELA DORMIDA

La ángela se ha acostado
en la cabellera negra de su propia noche,
sin quitarse las ropas amarillas
que llevó de día.
Tendida sobre sí misma,
parece una mujer desnuda
que desborda en el espacio
su carne de múltiples colores.
Ha dejado sus pechos descubiertos,
nubes azulinas que se hacen profunda mente
oscuras en los ojos que tratan de acuencarlos.
Yace en el suelo el sostén dorado,
que suele usar en las calles del hombre
para que no los estropeen las manos del aire.
Los ojos en sus alas han cerrado los párpados
y duermen sueños sin imágenes.
Tiene los oídos tapados, para que no se viertan
en ellos las palabras de los idiomas muertos,
las voces de los animales extintos
y los rumores de los ríos desaparecidos.
Se ha atado en los muros negros
con sombras que la arraigan al mundo,
para que cuando duerma
no se desvanezca en el olvido.
Su corazón, borracho de silencio,
quisiera palpitar fuerte mente,
pero ella es como una carta cerrada
que sólo pueden leer a través del papel
las mentes que imaginan.
La ángela no tiene edad.
Al amanecer se quita
la máscara dorada
y aparece en su lugar
el aire.

94

LOS ÁNGELES NOS MIRAN

En el cuarto,
los ángeles nos miran
con ojos pensadores,
como si hubiese gato encerrado
en nuestros ojos.

Los ángeles nos besan
con labios encendidos,
tomados por un invencible,
impostergable amor.

Los ángeles nos miden
el cuerpo, como si nos
tomasen medidas
para nuestra mortaja.

Los ángeles nos observan
como si fuésemos ya suyos,
con dientes amarillos
en su cara famélica.

Afuera,
un ciclista semejante a mí
atraviesa la noche.

EL ÁNGEL DOBLE DE SÍ MISMO

Ángel que ve a su doble morirá,
porque se convertirá en sí mismo,
en su doble material.
Una figura espejo de la otra.
El ángel visto nos revelará
a nosotros mismos,
y nosotros lo revelaremos a él.
Los ojos que así se miran
las pupilas se beberán,
sorprendidas en el acto
de crear y de destruir.
El ser perdido en la luna engañosa
se despedirá de su persona,
alejándose en un cuerpo ajeno
idéntico al suyo.
Suicidio de la mirada
que se encuentra a sí misma.
Intercambio de dobles
a través del espacio del ser y el estar,
o mediante el ojo que devora al ojo.
En la sombra que dejamos en el suelo,
quedará algo semejante a lo que fuimos.
Otro lo recogerá.

EL ÁNGEL Y LA MUJER

En la cama con una extraña,
que ha recogido en la calle,
él yace en la oscuridad de sí mismo,
observando a otro, semejante a él;
quien, a su vez, lo observa desde lejos.

Apagadas las ventanas amarillas del aire.
La puerta del día cerrada.
En la silla donde las ropas descansan
nadie se sienta,
excepto el infinito.

Él, a la medianoche, asido a sus pechos
como a dos horas blancas. Él.
Los dos corazones latiendo juntos
en espacios y velocidades diferentes.
Pues él es un ángel y ella es una humana.

Ella, palpable y con las carnes visibles
a través del vestido desgarrado,
trata de apresar con la mirada
ese cuerpo etéreo y perpetuo
que nació de mujer.

Ella, con su sueño hecho realidad y promesa.
Él, con una persona desechable que nunca soñó
poseer a hombre alguno, mucho menos a un ángel.
Él, como un pájaro huraño en la penumbra,
preguntándose qué está haciendo allí.

Ella, bocarriba en el suelo, mirando
con ojos anhelantes cómo los ojos de él
cubren de oro viejo las paredes del cuarto
y cómo sus labios morados pintan
de azul vespertino los caminos del otoño.

Él, vacío de deseo, no le pregunta nada.
Todo lo ha dicho el cuerpo.

A ella, que tiene veinticinco años humanos,
que recorría las calles de la noche
como una tristeza que se come a sí misma.

Figuras de yeso y sombra se precisan
entre los escombros de la construcción de en frente.
En el alumbrado público, mil ángeles se encienden.
Ella, anudada a su cuerpo, piensa que todo es posible.
Mas, todo se le escapa de las manos.

Ya casi al alba,
él la envuelve en sus alas enormes,
él la abraza y la alza por encima
de las casas y los parques grises,
él la convierte en la novia del viento.

Rafael

Después de su visita,
el circo ambulante
dejaba pistas de nostalgia
en las afueras del pueblo,
y los martes en la mañana
los niños no encontraban a nadie.

En camiones sobrecargados
habían partido de noche,
seguidos en bicicleta
por un muchacho tarahumara,
al que llamaban Rafael.

Este indio de ojos dorados,
montado a pelo en un caballo blanco,
con alas de cartón y espada de madera,
era el primero en llegar a las ferias.
No hacía otra cosa en el circo
que anunciar su llegada y su salida.

Desdeñado por el público,
terminada la función,
se le hallaba dormido
en la jaula de las aves.

Un día de marzo, cuando los circos
ya habían pasado de moda
y los enanos habían sido despedidos,
Rafael se fue volando
en su caballo blanco.

EL ÁNGEL A SU MADRE

No me mires con esos ojos
en la cuna de los niños humanos,
como si quisieras protegerme
de mi propia bondad.
Sabes que en el mundo
no sobreviven los buenos.

No me sonrías de esa manera,
porque los hombres se alejan de mí
a causa del olor de mis alas empapadas.
Mira que soy pájaro también
y Dios me dio las alas
para que me confunda con la luz.

Quisiera tener las fuerzas
para atravesar la ciudad del hombre
y petrificar en el aire
la mano de Caín.

Tu mirada no oculta la puerta
que conduce a nuestro Dios secreto.
Por ella quiero entrar
y llegar a mí mismo.

114

REVELACIÓN

Yo miraba el ayer,
la mujer parada en la esquina
como una tristeza que se come a sí misma.

Yo miraba la calle,
el espíritu que se levanta del muerto
y deja atrás al hombre que ha guardado.

Yo miraba en el aire
las vegetaciones desvanecidas,
arraigar y florecer.

Yo veía que en cada cabeza humana
un ángel tenía la forma
que el sueño le otorgaba.

En la palma de mi mano
un ángel se ha revelado.

116

EL ÁNGEL DE LOS NOMBRES

Al igual que el hombre,
que nombrando los siglos venideros
ha nombrado el olvido,
el ángel va poniendo nombres
a los lugares que visita
y a las cosas que mira,
para que sus pasos sobre la tierra
no sigan un curso ciego.

En torno suyo, la luz pega
sobre las piedras viejas
y él va por la ciudad
nombrando edificios:
ruinas contemporáneas,
cayéndose de rodillas,
mirándonos con ojos quebrados,
abrazándonos con manos rotas.

Las calles son páginas
llenas de nombres pegados a las paredes,
de nombres fijos en las ventanas
y de nombres que caminan.
A cada paso hay algo o alguien
que es necesario nombrar.
(En el tiempo hay hoyos negros
que se comen los pasos, las palabras).

Nuestra vida está encerrada
entre lápidas de nombres.
Si se nace se da un nombre.
Si se muere se da un nombre.
Lo que el hombre da a cada momento
es un nombre. Si habla de amor,
da nombres. Pues,
necesita nombres para ser.

Vive en la jaula de las denominaciones,
con nombres delimita el terreno,

circunda los hechos, asegura el presente.
Pero en la cadena memorizada de la vida
hay amnesias serias, vacíos inexplicables,
esqueletos con partes cubiertas
de un polvo que no se puede nombrar,
y se crean zonas de silencio en medio de la calle.

Los cementerios están llenos de nombres
sepultados a perpetuidad engañosa,
porque en este mundo
ni siquiera la muerte es eterna.
Porque en este mundo sólo basta
que un cuerpo sea inhumado
en el lugar de otro
para que un nombre recubra a otro.

En el día dudoso hay árboles,
hay animales, hay ciudades,
hay personas, hay caminos
que parecen haber sido nombrados
para siempre. Pero sucede un fuego,
una tormenta, un terremoto,
la mano del hombre
y todo cambia de nombre.

Cargado de palabras,
el ángel va poniendo nombres
a las cosas de la Tierra antigua,
aunque él no tiene voces,
ni conocimiento suficiente,
para nombrarlas a todas.
El ángel va poniendo nombres,
hasta perderse en el Poniente amarillo.

119

LA SOMBRA SIGUIÓ ANDANDO

El ángel de los nombres tenía un nombre secreto.
Había nacido en un pueblo desaparecido,
en el seno de una familia desaparecida.
En la espalda llevaba tatuado un árbol.

En la calle pisaba las sombras de sus ancestros,
al estirar las manos cogía las sombras de sus ancestros,
porque no había nada en la tierra ni en el aire
que no estuviese habitado por sus ancestros.

Delgado, no muy alto, tenía pelos blancos,
casi transparentes, diseminados por sus mejillas.
Líneas doradas partían de sus ojos hacia sus sienes
y una cabellera hirsuta cubría sus orejas y sus hombros.

En la comisura de sus labios
se apreciaban arrugas luminosas,
por esa costumbre suya
de hablar con los labios cerrados.

En medio de la noche, dicen, se ponía a oir
el correr de las aguas de un río desaparecido,
veía entre dos cuerpos que se amaban
el abismo de carne que los separaba.

Veía en el árbol la mesa apolillada,
en el huevo la criatura reptante,
en la piedra la construcción en ruinas,
en el barro la fisura de la taza rota,

en la mujer soltera el hijo ya parido,
crecido y fenecido, la baba y la ceniza,
porque sus ojos percibían el cambio,
la forma futura de las cosas.

Una noche de invierno, frente a frente
se hallaron dos imágenes.
Una imagen doble de la otra.

Sin que nadie supiera

cuál de las dos era la verdadera.
Quizás, ambas eran doblemente falsas.
Cuando el cuerpo se detuvo,
la sombra siguió andando.

EL ÁNGEL DEL PONIENTE

Él caminaba por la selva perturbada,
oía la fragancia de las plantas suprimidas,
palpaba el gorjeo de los pájaros extintos,
veía los follajes de las vegetaciones calcinadas,
porque en su memoria todo tiempo era presente
y había visiones que no se iban de sus ojos.

Sus pies se hundían en el fango caliente
como si fuera pisando sapos reventados,
sus manos tocaban las aguas estancadas
como si se sumergieran en sus miasmas.
El calor del mediodía se le pegaba
a la cara como una tela sucia.

Por doquiera se escuchaba la música fría del árbol muerto,
por doquiera asomaban los tocones endurecidos
de los árboles que se negaban a ser arrancados del suelo,
por doquiera corrían las aguas de los ríos desaparecidos
como fantasmas reprochando al hombre su muerte.
En todas partes él pisaba la sombra de los ausentes.

Los antepasados salían a su paso, le preguntaban:
"¿Qué has hecho de los animales?", "¿Por qué mataste el mar?".
"El aire ha cambiado. ¿Adónde se han ido las aves?".
"Este año no ha habido primavera y no habrá invierno.
El Sol, como un ojo sin párpados,
está mirando furiosa mente a la Tierra".

Él, parado en el cerro del Poniente,
vestido de amarillo, las alas refulgentes,
no tenía palabras para contestar,
solamente les mostraba con las manos
los pedazos azules y los jirones verdes
del paisaje de su infancia desgarrado.

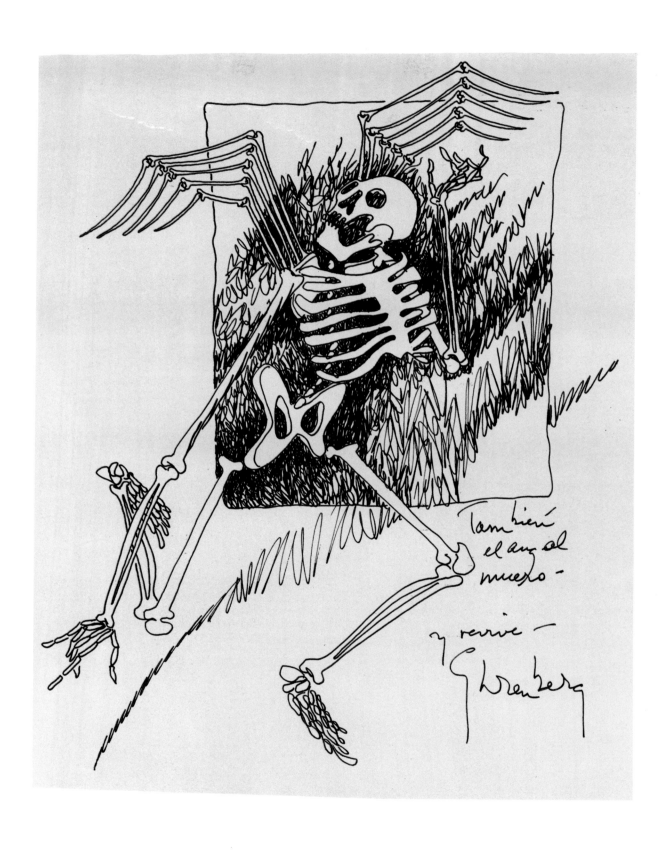

Tambien
el angel
muerto -
y revive -
G Lrenberg

127

128

EL ÁNGEL DEL CENTRO

Él salió de una casa vieja,
saludando a los transeúntes,
que a esas horas del viernes
llenaban las calles.
Ellos se detuvieron para verlo,
nunca habían visto un ángel
con alas doradas en el centro.
Los indiferentes, lo atravesaron.

En la esquina de Seminario y Moneda,
los espíritus de los conquistadores
aún se estaban peleando.
Lo único que se veía de sus personas
era la espada sangrienta y los collares de oro.
Por lo demás, eran invisibles.
Las gentes vivas que pasaban a su lado
eran tan irreales como ellos.

Él los vio de cerca y de lejos
en la calle y en el tiempo.
Él llegó a la plaza de Santo Domingo,
en la que bajo el sol se calentaban
millones de moscas fosforescentes.
Todas estaban en venta.
Todas juntas devoraban la carne
de una vaca madre destazada.

El ángel, aunque transparente, era moreno.
Sus ojos, aunque dorados, podían vérsele
azules, verdes o negros, según la luz.
De su boca salían palabras amarillas,
inaudible mente hermosas.
A veces, le desaparecían los brazos,
los muslos, la cabeza y el pecho,
y sólo se notaban sus pies y sus alas caminando.

Las niñas de la calle lo siguieron por Tacuba.
Atraídas por su figura extraña y por la manera

de hacerse sonoro al contacto con la luz.
Una dijo que se parecía al padre
que ninguna había visto. Otra, al hombre
que debían tener si hubiesen tenido padre.
Harapientas, tendían la mano a los fantasmas
bien vestidos que pasaban junto a ellas.

A ratos trataban de alcanzarlo,
su sombra más rápida que el cuerpo.
Su cuerpo se quedaba atrás,
tratando de alcanzar la sombra.
Pero él no se dejaba tocar,
siempre adelante de ellas un eón.

Las niñas de la calle anduvieron
detrás de él todo el día.
Y al caer la noche, entraron con él
a los sótanos de la catedral.
Entraron sus sombras, sus cuerpos
se quedaron afuera. Sus pasos en el aire
poco a poco se perdieron de vista.
El ángel no se volvió a ver jamás.

DEL HOMBRE Y SU NOMBRE

Él creía que en el espacio el hombre
tenía un sonido propio, su nombre.

Él creía que la cifra sonora del hombre
era aprehensible por su nombre,

que si se profería su nombre
era tocado interior mente el hombre.

En todo caso el nombre
podía hacer presente al hombre,

al hombre, que en todo tiempo y lugar
buscaba irse de su nombre.

Y él creía que cuando moría el hombre
caía en el silencio de su nombre.

Anno domini MCMXLVIII

134

135

ÁNGEL PERDIDO

A la ciudad de mi Padre,
cómo volveré,
en qué parte del universo
la encontraré.

A la ciudad de mi Padre,
cómo me acercaré.
La luz de miles de soles
cegará mis ojos.

Fantasmas de mí mismo
se quedarán atrás.
Legiones de cuerpos míos
no los podré recobrar.

A la ciudad de mi Padre,
cómo retornaré.

HE OÍDO GRITAR AL ÁNGEL

He oído gritar al ángel
en los espacios siderales de mí mismo,
lo he oído gritar luces
y no he acudido a su llamado.

Dormido afuera de mi cuerpo,
no pude volver en mí, ni abrir los ojos,
para dirigirme al lugar del sueño
donde él con cara mía se hallaba.

Toda la noche oí gritar al ángel,
atacado por muslos voluptuosos
y murciélagos rabiosos, que le disparaban
desde la ciudad del hombre.

Al alba lo oí gritar más cerca,
con voz mía, aquí en la tierra,
en alguna parte de mí mismo,
y no he acudido a su llamado.

ÁNGEL VIRGEN

Acometido por manos infantiles
que cubren su vientre de caricias salaces,
el blancor de sus plumas enrojecerá,
su virginidad se encenderá,
los ojos de sus alas cerrarán los párpados.

Él, aire,
ella, tierra,
juntos beberán
el éxtasis de oro,
la embriaguez púrpura de la granada.

Sus cuerpos, el fuego helado de la imaginación.
Su deseo, posar la planta del pie
en ella, como en una hierba húmeda.
El de ella, la cruda sensación
de pararse entera sobre sus pies precisos.

Él, ígneo, entrará en su carne
como un fuego que agujerea el aire,
meterá en su flanco adolescente
un alcatraz blanco,
el oro desnudo de su virginidad.

A medida que él se introduzca en ella
su rostro adquirirá una palidez lunar,
lágrimas blancas resbalarán por sus mejillas
como gotas de luz. Es su virginidad
que caerá en un cuerpo penetrado por la muerte.

Sobre él, aire, sobre ella, tierra,
el sol derramará su cabellera rubia.
Su cabellera, último mechón
en el poniente oscuro.

HABLA EL ÁNGEL

Con palabras, con colores, en silencio,
me cercaron, me dieron alas y cabello,
me fueron encerrando en una forma humana.

Y ahora estoy adentro de mí mismo,
con silueta y sombra,
como cualquier mortal.

Lapidarios, pintores y poetas,
trabajaron día y noche
para darme la forma de su sueño.

Yo quiero escapar de la jaula de los cuerpos
y recobrar mi ser original,
el de la invisibilidad perfecta.

150

EL ÁNGEL QUE NUNCA EXISTIÓ

Sobre las tumbas, que también se mueren,
y las raíces del árbol de la vida,
que también se pudren,
apareció en el poniente amarillo
el ángel que nunca existió.

Al caer la tarde, bajo la Luna roja,
en el fresco de una iglesia antigua,
se figuró con sus ropas emblemáticas,
su escudo, su espada y sus pies planos,
el ángel que nunca existió.

No pudieron guardarlo paredes,
arquetas, sagrarios ni cajas fuertes,
de la escena despintada del fresco
salió armado, asexuado, adolescente,
el ángel que nunca existió.

Enroscada en su cintura estaba la serpiente
de la historia que se muerde la cola.
Atravesado por su espada de palabras,
se retorcía en el abismo de sí mismo
el dragón del mal.

Parado en la pirámide del Sol,
el pelo hirsuto y las alas abiertas,
los ojos dorados, el aliento potente,
tocó hacia las cinco direcciones del espacio
la trompeta del último día.

Hacia atrás, hacia delante del tiempo
el ángel difundió las lúgubres noticias.
Los difuntos lo oyeron en su profundo olvido.
Los vivos, más muertos que los muertos, lo oyeron.
El caballo negro galopó. El caballo pálido relinchó.

En los intersticios del cuerpo,
donde el gusano roe toda memoria,

en el lecho, donde el amor se atasca
y las muertes abrazadas se funden,
el ángel del ayer miró el futuro.

Y todo el futuro transcurrió.
Cuando el ángel pintado salió de la pared
y voló hacia la pirámide del Sol,
donde en una hoguera pétrea la era comenzó.
El ángel que nunca existió.

153

DIARIO DE UN ÁNGEL

1. El tiempo matador

Siempre quisiste matar el tiempo,
pero el tiempo te mataba a ti,
y mataba a las criaturas junto a ti.

Aun cuando el tiempo se fingía inerte
en la pared, escapaba vivo de tus manos
ociosas, y tú morías y morías.

En realidad el tiempo te mataba a ti
desde antes que nacieras,
desde antes del feto y de la Luna.

En el comienzo mismo de la palabra en Dios.

2. Canción de las calles peligrosas

No iré por las calles peligrosas,
porque algo me dice que encontraré la muerte.

No abriré la puerta de la recámara nupcial,
porque algo me dice que encontraré mi sueño.

No me miraré ayer en ningún espejo,
porque algo me dice que me hallaré a mí mismo.

No te amaré esta noche en ningún cuerpo,
porque algo me dice que abrazaré mi polvo.

No iré a buscar las caricias de la virgen,
porque algo me dice que ya no tendré deseos.

3. La inteligencia de la tierra

Más allá de la mente
está la inteligencia de la tierra.

Afuera de la cabeza del hombre
piensa la tierra.

Como un aire, como una luz,
la mente de la tierra envuelve.

4. Un hombre en el desierto

Un hombre en el desierto
no es menos extraño
que un árbol en la ciudad
tapándose la cabeza con un periódico
para defenderse de la lluvia.

5. Cuando un ángel sueña

Cuando un ángel sueña
las cosas cambian de nombre
y las criaturas de forma.
Entramos en el reino
de la libertad de las imágenes
y de las formas que se transfiguran.
Cuando un ángel sueña
se oyen los sueños de los otros
como si fueran nuestros,
el hombre de cabello hirsuto
camina por la calle
como un muerto vivo;
cada persona, cada cosa
es llamada por otro nombre,
por su nombre en los sueños.
Cuando el ángel despierta,
todo vuelve a su forma original,
pero el mundo ya no es tan real.

6. Encuentro con el doble

En la calle,
vi a mi fantasma.

La lluvia
no lo mojaba.

Su cuerpo y la lluvia
eran una ilusión.

TE RECUERDO CORRIENDO POR LA CALLE

Te recuerdo corriendo por la calle,
envuelta en un impermeable percudido,
yo vestido de verde y de día viernes,
tapándote la cabeza con un periódico,
para que no nos viera tu padre.
Era noviembre y lloviznaba,
tu pelo empapado sobre el impermeable
era una mariposa que volaba.
De tu bolso abierto caían monedas,
que recogía un mendigo.
Andábamos de luna de miel de calle en calle,
sin ceremonia civil ni religiosa,
casados por el santo sacramento del amor.
Nuestros pasos pesaban en el piso,
y los zapatos ahogados de agua
hacían ansiosa nuestra fuga.
Mojados nos metimos en el metro,
a empujones abordamos un vagón,
y las puertas sobre tu espalda
plegaron como dos alas tu impermeable.
Mirándonos nos fuimos en el tren,
que nos llevó en su propio mundo,
lejos del día y lejos de la noche.
Yo besé tus labios con sabor a lluvia.

LA VIDA EN CINE

En la película de ayer
vi la vida en tecnicolor.
Me impresionó la sombra
atada a los pies
del cuerpo en fuga,
las caricias resbalando
por tus hombros amados
y el paso de las manos
del aire por tu cabello negro.
En la pantalla inmensa
los siglos se comprimieron
en un silencio loco,
los colores del espectro
hermosearon tus ojos
con una apasionada luz mortal.
Más allá de los ojos,
pude tocar las formas
de tu cuerpo distante
y saber que existes.
En la ciudad sitiada
por el deseo y la mente,
noche y día caminabas
y yo salía a tu encuentro.
De pronto, la película
se quedó sin imágenes
y en la pantalla blanca
tú y yo nos desvanecimos.

LA ROPA DEL DOMINGO

LOS VESTIDOS DE LOS ÁNGELES
CORRESPONDEN A SU INTELIGENCIA.

EMMANUEL SWEDENBORG

Delante del espejo,
mi madre me puso
la ropa del domingo:
camisa azul
sandalias doradas
y alas blancas.

Yo alegué que los ángeles,
parecidos a la luz,
andan desnudos.
Ella dijo que los ángeles
visten según su inteligencia
y que los tontos usan más colores.

En la tienda de la esquina,
frente a un espejo desportillado,
un ángel campesino se ponía
un traje transparente,
y se cubría el pelo hirsuto
con un sombrero agujereado.

Cuando mi madre acabó de vestirme,
me dijo que estaba listo
para salir al mundo
como ángel inteligente,
pero yo me encontré en el espejo
diferente a mí mismo.

LAS INMENSIDADES DE LA DECEPCIÓN

Piensa en los campos de luz que a veces mienten,
en los manchones de color que son errores del ojo,
en las calles amarillas que alucina un niño
del otro lado de un vidrio sucio.

Piensa en las inmensidades de la decepción,
donde se pasean figuras que arroja el viento,
observa los huertos de lo inmediato
donde se pudren los frutos de la carne.

Piérdete en los brillos del agua,
ausentemente presentes,
que se ahogan en el río que se pierde
sin dejar huella ni eco, sino solo olvido.

Piensa en los campos y en los brillos,
pero extiende la mano a la mañana vaga
para acariciar la sombra tibia, la sombra tuya,
que entreabre los labios para proferir la palabra luz.

YA NO SALGO AL MUNDO MÁS

Ya no salgo al mundo más,
las puertas me las cerraron,
el cielo me lo encharcaron,
la muchacha de la esquina
dos policías secuestraron.
Ya no salgo al mundo más,
la calle desfiguraron,
los sabinos me cortaron,
a los pájaros mataron
y a los tigres volaron.
Ya no salgo al mundo más,
los trenes ya se me fueron,
mis lentes ya se nublaron,
las ventanas escondieron
y mis alas se robaron,
ya no salgo al mundo más.

Identificación de imágenes

p.6 ROGER VON GUNTEN, *Tiempo de ángeles*, 1994. Colección de Homero Aridjis. Fotógrafo: Pablo Oseguera Iturbide.

p.9 JOSÉ AGUSTÍN ARRIETA, *Rafael arcángel*, 1841. Colección de Andrés Blaistein. Fotógrafo: Javier Hinojosa.

p.10 JUAN SORIANO, *Cuatro esquinas tiene mi cama*, 1941. Colección de Andrés Blaistein. Fotógrafo: Sergio Toledano.

p.13 JOSÉ LUIS CUEVAS, *Ángel burocrático*, 1994. Colección de Homero Aridjis. Fotógrafo: Pablo Oseguera Iturbide.

p.14 LOURDES ALMEIDA, *El ángel enmascarado*, 1990.

p.17 JORGE MARÍN, *Sin título*, 1994, Fotógrafo: Sergio Toledano.

p.18 CARLA RIPPEY, *El ángel de la playa*, 1989, de la serie *La caída de los ángeles*. Colección de Nicholas Ingram, (cortesía de Carla Rippey). Fotógrafos: Bernardo Arcos y Marco Antonio Pacheco.

p.21 CARLA RIPPEY, *La caída de un ángel*, 1984, de la serie *La caída de los ángeles*. Colección de Carlos Ashida, (cortesía de Carla Rippey). Fotógrafos: Bernardo Arcos y Marco Antonio Pacheco.

p.22 LEONORA CARRINGTON, *Señor Ruiz el ruiseñor*, 1967. Colección de Homero Aridjis. Fotógrafo: Pablo Oseguera Iturbide.

pp.24,25 NICOLÁS TEJEDA, *La Asunción*, siglo XVI, iglesia de San Juan Bautista, Cuauhtinchán, Puebla. (Archivo de Grupo Aza-bache.) Fotógrafo: José Ignacio González Manterola.

pp.26,29,31,33 FRANCISCO TOLEDO, *Serie de dibujos dedicados a Homero Aridjis*, 1994. Colección de Homero Aridjis. Fotógrafo: Pablo Oseguera Iturbide.

p.34 NICOLÁS TEJEDA, *La Anunciación*, siglo XVI, retablo mayor de la iglesia de San Juan Baustista, Cuauhtinchán, Puebla. (Archivo de Grupo Azabache.) Fotógrafo: José Ignacio González Manterola.

p.36 *San Miguel*, retablo mexicano anónimo, siglo XIX, Colección de Homero Aridjis. Fotógrafo: Pablo Oseguera Iturbide.

p.37 *San Rafael arcángel*, retablo mexicano anónimo, siglo XIX. Colección de Homero Aridjis. Fotógrafo: Pablo Oseguera Iturbide.

p.38 FERNANDO LEAL, *Ariel y Calibán*, 1939. Colección de Andrés Blaistein. Fotógrafo: Sergio Toledano.

pp.40,41 RODRIGO PIMENTEL, *El rapto de las hijas de Leucipo*, de la serie *Homenaje a Rubens*, s/f. Colección de Andrés Blaistein. Fotógrafo: Sergio Toledano.

p.42 CARMEN PARRA, *Ángel azul*, 1985, (cortesía de Carmen Parra). Fotógrafo: Jorge Pablo de Aguinaco.

pp.44,45 MARCO VARGAS, *San Miguel arcángel*, 1992. Fotógrafo: Sergio Toledano.

p.46 LEONORA CARRINGTON, *Ángel felino*, 1968. Colección de Homero Aridjis. Fotógrafo: Pablo Oseguera Iturbide.

p.48 JUAN GERSON, *La Jerusalén liberada*, siglo XVII, iglesia de San Francisco de Asís, Tecamachalco, Puebla. Fotógrafo: Manuel Álvarez Bravo.

p.49 JUAN GERSON, *La escala de Jacob*, siglo XVII, iglesia de San Francisco de Asís, Tecamachalco, Puebla. Fotógrafo: Manuel Álvarez Bravo.

p.50 HUMBERTO ESPÍNDOLA, Ángel de papel de china picado, s/f. Fotógrafo: Jorge Contreras Chacel.

pp.52,53 HELEN ESCOBEDO, *Say no to drugs*, 1994. Colección de Homero Aridjis. Fotógrafo: Pablo Oseguera Iturbide.

pp.54,57 ROGER VON GUNTEN, *Tiempo de ángeles II*, 1994. Colección de Homero Aridjis. Fotógrafo: Pablo Oseguera Iturbide.

p.58 JOSELE CÉSARMAN, *Ángel de la Independencia*, s/f. Colección de Teodoro Césarman. Fotógrafo: Pablo Oseguera Iturbide.

pp.60,61 JAN HENDRIX, *Maneras de ver y de tener ángel*, 1994. Eva Sofía y Cloe Aridjis, montaje realizado con fotos de René Escalante.

p.62 GRACIELA ITURBIDE, *San Miguel arcángel*, Ocumichu, 1980.

pp.64,65 GRACIELA ITURBIDE, *Sin título*, Chilac, Puebla, 1992.

p.66 ALFONSO MICHEL, *Tres mujeres*, 1945. Colección de Andrés Blaistein. Fotógrafo: Sergio Toledano.

p.68 REMEDIOS VARO, *Vuelo mágico*, 1956. Fotógrafo: José Ignacio González Manterola.

p.69 REMEDIOS VARO, *Exploración de las fuentes del río Orinoco*, 1959. Fotógrafo: José Ignacio González Manterola.

p.70 GRACIELA ITURBIDE, *Angelito mexicano*, Chalma, Estado de México, 1984.

pp.72,73 JUAN CORREA, *La Virgen del Apocalipsis* (detalle), siglo XVII, sacristía de la Catedral Metropolitana. (Archivo de Grupo Azabache.) Fotógrafo: José Ignacio González Manterola.

pp.74,76,78 MARITZA LÓPEZ, ángeles de la serie *Muy cerca del cielo*, 1994.

p.80 FLOR GARDUÑO, *Sin título*, París, Francia, 1985.

pp.82,83 CARLA RIPPEY, *María y Martha*, 1986, de la serie *La caída de los ángeles*, (cortesía de Carla Rippey). Fotógrafos: Bernardo Arcos y Marco Antonio Pacheco.

p.84 CARMEN PARRA, *Teclado del órgano de la Catedral*, 1983, (cortesía de Carmen Parra). Fotógrafo: Jorge Pablo de Aguinaco.

p.87 JOY LAVILLE, *Jóvenes ángeles conversando*, 1994. Colección de Homero Aridjis. Fotógrafo: Pablo Oseguera Iturbide.

p.88 JORGE MARÍN, *El lugar donde duermen los perros*, 1994. Fotógrafo: Sergio Toledano.

pp.90,91 JOSÉ JUÁREZ, *Los santos niños Justo y Pastor*, siglo XVIII, Pinacoteca Virreinal de San Diego, México D.F. (Archivo de Grupo Azabache.) Fotógrafo: Carlos Alcázar.

p.92 CLAUDIA FERNÁNDEZ, *El ángel dormido*, 1994. Fotógrafo: Carlos Contreras de Oteyza.

p.94 *Ángel estofado*, siglo XVII. Colección de Cloe Aridjis. Fotógrafo: Pablo Oseguera Iturbide.

pp.96,97 NICOLÁS RODRÍGUEZ JUÁREZ, *La transverberación de Santa Teresa de Jesús*, siglo XVII, Museo Nacional del Virreinato, Tepotzotlán, México. (Archivo de Grupo Azabache.) Fotógrafo: Pablo Oseguera Iturbide.

p.98 PAULINA LAVISTA, *Ángela*, 1994.

pp.100,101 GILBERTO CHEN, *El ángel exterminado*, 1991.

p.102 LOURDES ALMEIDA, *Ángel vigilante*, de la serie *Lo que el mar me dejó*, 1989.

p.105 JAVIER MARÍN, *Uno, dos...*, s/f. Fotógrafo: Sergio Toledano.

p.106 JESÚS REYES, *Arcadio*, 1994. Fotógrafo: Sergio Toledano.

pp.108,109 DULCE MARÍA NÚÑEZ, *Pleito ratero*, 1990, (cortesía de la Galería OMR).

p.110 JOSÉ AGUSTÍN ARRIETA, *Nuestra Señora de la Luz*, s/f. Fotógrafo: Javier Hinojosa.

pp.112,113 MANUEL ÁLVAREZ BRAVO, *Ángeles en camión*, 1930.

p.114 LUIS ORTIZ MONASTERIO, *La victoria*, 1949. Colección de Andrés Blaistein. Fotógrafo: Sergio Toledano.

p.116 DAVID KEEPING, *Ángel*, 1988. Fotógrafo. Sergio Toledano.

p.119 *San Rafael arcángel*, anónimo, siglo XIX. Colección de Homero Aridjis. Fotógrafo: Pablo Oseguera Iturbide.

p.120 IGNACIO RIVERO, *Ángel o demonio*, 1987.

p.123 NÉSTOR QUIÑONES, *Tercer Misterio*, 1990, (cortesía de la Galería OMR).

p.124 *Arcángel mexicano*, anónimo, s/f. Colección de Sergio y Marinieves Autrey. Fotógrafo: Javier Hinojosa.

p.126 JORGE MARÍN, sin título, 1994. Fotógrafo: Sergio Toledano.

p.127 FELIPE EHRENBERG, *También el ángel muere y revive*. 1994. Colección de Homero Aridjis. Fotógrafo: Pablo Oseguera Iturbide.

p.128 FERNANDO LEAL AUDIRAC, *La sombra del amarillo*, 1990. Colección de Raymundo del Castillo, (cortesía de Hakim arte actual). Fotógrafo: Jesús Sánchez Uribe.

p.131 HUMBERTO ESPÍNDOLA, *Ángel para un performance*, s/f. Fotógrafo: Jorge Contreras Chacel.

p.132 JAN HENDRIX, *Ángel en el bosque*, 1994. Fotógrafo: Pablo Oseguera Iturbide.

p.134 FEDERICO CANTÚ, *Ángel chelista*, 1948. Fotógrafo: Sergio Toledano.

p.135 FEDERICO CANTÚ, *Ángeles violinistas*, 1956. Fotógrafo: Sergio Toledano.

p.136 FERNANDO LEAL AUDIRAC, *Las tentaciones de Arnaldo de Vilanova*, 1988. Colección de Abraham Romo, (cortesía de Hakim Arte Actual). Fotógrafo: Jesús Sánchez Uribe.

pp.138,139 JUAN CORREA, *La Virgen del Apocalipsis* (detalle), siglo XVII, sacristía de la Catedral Metropolitana, México D.F. (Archivo de Grupo Azabache.) Fotógrafo: José Ignacio González Manterola.

p.140 MARÍA IZQUIERDO, *Alegoría a la libertad*, 1937. Colección de Andrés Blaistein. Fotógrafo: Sergio Toledano.

p.142 ROCÍO MALDONADO, *Ángel triste*, 1986, (cortesía de la Galería OMR).

pp.144,145 LOURDES ALMEIDA, *La huída del ángel*, 1989.

p.146 ALBERTO GIRONELLA, *Sin título*, s/f. Colección de Roberto Trejo. Fotógrafo: Sergio Toledano.

pp.148,149 CRISTÓBAL DE VILLALPANDO, *Apoteosis de San Miguel* (detalle), siglo XVII, sacristía de la Catedral Metropolitana, México, D.F. (Archivo de Grupo Azabache.) Fotógrafo: José Ignacio González Manterola.

p.150 LUIS JUÁREZ, *San Miguel arcángel* (detalle), siglo XVII, Pinacoteca Virreinal de San Diego, México D.F. (Archivo de Grupo Azabache.) Fotógrafos: Gerardo Sutter-Lourdes Almeida.

p.153 *Arcángel mexicano*, anónimo, s/f. Colección de Sergio y Marinieves Autrey. Fotógrafo: Sergio Toledano.

Índice

Este libro se terminó de imprimir en febrero de 1997
en los talleres de Impresora y Encuadernadora Progreso, S. A. de C. V. (IEPSA),
Calz. de San Lorenzo, 244; 09830 México, D. F.
La edición consta de 2 000 ejemplares.